Oskar Jäger

# Die Zerstörung von Jerusalem durch Titus Flavius Vespasianus

Antigonos

Oskar Jäger

# Die Zerstörung von Jerusalem durch Titus Flavius Vespasianus

Unveränderter Nachdruck der Originalausgabe von 1865.

1. Auflage 2024   |   ISBN: 978-3-38637-070-7

Antigonos Verlag ist ein Imprint der Outlook Verlagsgesellschaft mbH.

Verlag: Outlook Verlag GmbH, Zeilweg 44, 60439 Frankfurt, Deutschland, info@outlook-verlag.de
Vertretungsberechtigt: E. Roepke, Zeilweg 44, 60439 Frankfurt, Deutschland
Druck: Libri Plureos GmbH, Friedensallee 273, 22763 Hamburg, Deutschland

In der langen Iliade von Kämpfen, welche die Geschichte
des römischen Volkes darstellt, gibt es keinen, der durch seinen
Charakter an und für sich, wie durch seine tiefgreifende Beziehung
zur Geschichte der christlichen Religion für uns interessanter wäre,
als jener furchtbare Todeskampf des jüdischen Volkes, welcher nach
drei Jahren eines schrecklichen Krieges im September des Jahres
70 nach Chr. in der Asche seiner zerstörten Hauptstadt ermattete.
Ein großer Maler der Gegenwart hat die letzten Momente dieses
Kampfes zum Gegenstande eines allbekannten Gemäldes voll Geist
und Wirkung gemacht: und in der That gibt es keinen Gegenstand,
der dem Maler oder Dichter fruchtbarere Motive, erschütterndere
Gegensätze böte, als dieser.   Aber selbst wenn wir es versuchen,
ohne die Hilfe der Malerei und der Dichtung diesen Kampf an
der Hand der Quellenschriften in seiner geschichtlichen Wirklichkeit
darzustellen, bin ich überzeugt, daß diese Versammlung nicht ohne
Eindruck bleiben wird von der tragischen Gewalt dieses Zusammen=
stoßes, der in demselben Augenblicke, in welchem er den jüdischen
Staat zertrümmerte, der Religion der Wahrheit, die in seinen en=
gen Formen sich entwickelt hatte, den Weg frei machte, auf dem sie
in wenigen Jahrhunderten zu einem vollständigen Siege vorschritt.

Das jüdische Volk nahm im römischen Reiche eine eigenthüm=
liche Stellung ein.   Als im Jahre 63 v. Chr. Pompejus dem gro=
ßen Länderraum der ehemaligen syrischen Monarchie eine neue Or=
ganisation gab, und nach kurzem Kampfe in die jüdische Hauptstadt

einzog, da hatte er das Haupt der pharisäischen Partei, Hyrka-
nos, an die Spitze des jüdischen Staates gestellt, der fortan Tribut
nach Rom zahlte. Dieser Staat hatte dann die raschen Wechsel
der Gewalt mitempfunden, welche die gleichzeitigen bürgerlichen
Wirren im römischen Reiche hervorriefen. Auf seinem unglücklichen
Zuge gegen die Parther (53 v. Chr.) hatte Crassus das Jehova-
Heiligthum gebrandschatzt, dem pompejanischen Hohenpriester hatte
Cäsar nach der Schlacht bei Pharsalus (48 v. Chr.) einen weltlichen Regenten, Antipater, an die Seite gestellt, und dessen Sohn
Herodes hatte unter den verschiedenen Gewalthabern, welche die
schnellwechselnden Geschicke des römischen Reichs nach Cäsars Tode
in jene Gegenden führten, unter Cassius, unter Antonius, unter
Octavian, mit geschmeidiger Klugheit sein Königthum behauptet: ohne
freilich die unaufhaltsame Schickung abwenden zu können, daß der
jüdische Staat immer tiefer in die Abhängigkeit seiner römischen
Schutzherren gerieth.

Aber merkwürdig, während nach Herodes Tode das jüdische
Reich erst unter seine drei Söhne getheilt, dann einer derselben
abgesetzt und sein Gebiet Galiläa unter unmittelbare römische Ver-
waltung gestellt wurde; während der vierte der Cäsaren, Caligula,
das sprechendste Zeichen der Anerkennung römischer Oberhoheit,
die Aufstellung seines Standbildes im Jehova-Tempel, anordnete;
während römische Truppen in den festen Plätzen des Landes lagerten,
und so die Abhängigkeit von Rom immer festere und beengendere
Formen annahm: hatte dieses zertretene und von Parteien zerrissene
Volk eine Gegenwirkung gegen seine Besieger zu äußern begonnen,
deren Gewalt unaufhaltsam zunahm und schon die wunderbarsten
Erscheinungen hervorrief. Wie einst das besiegte Griechenland den
trotzigen Besieger durch seine Kunst und Bildung unterjochte, so
übte jetzt die Religion der Juden einen eigenen und unwiderstehlichen Zauber auf viele seiner römischen Bezwinger aus.

Als in jenem verhängnißvollen Jahre, das den Anfang der
römischen Herrschaft bezeichnet, Pompejus zum Entsetzen der Ueber-
wundenen auch das Allerheiligste ihres Tempels betrat, das nur

dem Hohenpriester an dem großen Versöhnungstage zu betreten
gestattet war — auch ihm nicht, ohne daß er durch Opfer und
Reinigung sich würdig vorbereitet hatte — da gewahrte er zu seinem höchsten Erstaunen nicht Bild noch Gleichniß der Gottheit,
wie sonst in den Tempeln jedes andern Volkes, und nicht genug
wissen die Geschichtschreiber zu sagen, wie fremd und anders hier
Alles gewesen, wo nur Ein Gott — ein Gott ohne Gestalt und
ohne Namen, zu heilig, um von menschlichen Lippen auch nur ge-
nannt zu werden — mit einem unbegreiflichen, überschwenglichen
Eifer verehrt wurde [1]).

An einem Sabbath, einem „Tage des Kronos" nach dem
Ausdrucke des griechischen Erzählers [2]), wo die Juden, um nicht
das väterliche Gesetz zu brechen, die Vertheidigung ruhen ließen,
war der Tempelberg erstürmt worden: so stark war den Römern
schon beim ersten Zusammenstoß die religiöse Eigenthümlichkeit dieses Volkes entgegengetreten; aber Vieles vereinigte sich, um diesen
ersten Eindruck sofort zu einem abstoßenden zu machen. Der Raçen-
unterschied, der schon im Aeußeren sich kund gab; die vollständig
verschiedene Sprache, deren rauher Klang nichts gemein hatte mit
den biegsamen und wohllautenden Idiomen der indo-germanischen
Stämme; der Hochmuth, mit welchem sie, obwohl besiegt und
unterdrückt, sich doch für ein auserwähltes und höheres Geschlecht
hielten, dessen Gott hoch über den Thon- und Erzbildern der
„Heiden" stehe, vor deren Berührung sie zurückscheuten; die Hoff-
nung auf einen zukünftigen Retter und Rächer, von dem dieses
Volk die Wiederherstellung der Tage früheren Glanzes, ja die
Herrschaft über alle anderen Völker mit fanatischer Zuversicht erwartete; — dies Alles verstimmte die Römer um so mehr, als
sie sich doch allenthalben, in allen Städten, auf allen Märkten, in
ihrer Hauptstadt selbst mit diesen „Judäern" in Berührung sahen,
die unterwürfig und geschmeidig auf der einen, stolz und spröde
auf der andern Seite, in alle Volks- und Lebenskreise durch den
Handelsverkehr sich eindrängten und doch zugleich wieder durch
ihre religiös-nationale Eigenthümlichkeit schroff gegen Alle sich ab-
schlossen. Ein hervorragender Schriftsteller des zweiten Jahrhun-

berts der christlichen Zeitrechnung, Tacitus, gibt den altrömischen Antipathieen einen Ausdruck, dessen geflissentliche Bitterkeit unverkennbar ist [3]). Es ist ihm zweifelhaft, ob die Judäer äthiopischer oder assyrischer oder ägyptischer Abkunft sind: wahrscheinlich, sagt er, wie die Meisten berichten, ein aussätziger Haufe Aegypter, seien sie unter Anführung eines ihrer Mitverbannten, Mohses, von Göttern und Menschen verlassen, durch die Wüste gezogen; eine Heerde grasender Esel habe sie alsdann an wasserreiche Orte geführt, und so seien sie weiter in ihre jetzige Heimath gekommen, wo sie, nachdem sie die Einwohner ausgetrieben, Stadt und Tempel gegründet hätten. Um das Volk an sich zu ketten, habe ihnen Mohses die frembartigen Sitten erfunden: „was bei uns heilig, ist ihnen verboten, was bei uns unrein, ist ihnen erlaubt; während sie unter einander Treue halten, mit mitleidigem Eifer sich gegenseitig unterstützen, tragen sie gegen alle anderen Menschen feindseligen Haß. Wer sich ihnen beigesellt, lernt zuerst die Götter verachten, entschlägt sich seines alten Vaterlands; Eltern, Kinder, Brüder sind ihm nichts mehr: und ein Theil ihrer „widerlich verkehrten" Einrichtungen, die Beschneidung, hat den ausdrücklichen Zweck, sie von allen andern Völkern um so strenger zu scheiden. Die Götter nach Menschenart zu bilden ist ihnen profan, kein Götterbild sieht man in ihren Städten und Heiligthümern, „mit dem Verstande allein verehren sie ein Höchstes, Unveränderliches, Unvergängliches."

Man fühlt es dieser Sprache an, daß man diesem Volke und seiner Religion gegenüber nicht gleichgültig bleiben konnte. Was Tacitus einen verkehrten und verderblichen Aberglauben, eine schmutzige und aberwitzige Sitte nennt, erschien vielen seiner Zeitgenossen in einem ganz anderen Lichte. Die Ausbreitung des jüdischen Volksthums traf zusammen mit der Selbstauflösung des Polytheismus.

Der alte, national-beschränkte Glaube an die Volksgötter, die Geschöpfe der noch kindlichen Phantasie der Völker, hatte von Generation zu Generation von seiner Kraft verloren. Je weiter der

Blick schon durch die räumliche Ausdehnung des römischen Reiches wurde, je freier in diesem römischen Reiche mit den verschiedenen Nationalitäten auch deren Religionsanschauungen sich mischten, je tiefer Verstandesbildung und Aufklärung in einem Zeitalter, das noch so viele andere Ideale grausam zerstörte, mit ihrer zersetzenden Kraft eindrangen: um so greller und deutlicher traten die Widersprüche zu Tage, welche in diesem Glauben an viele Götter lagen, um so peinlicher wurde der Drang, seine Wahl zu treffen und zu fragen, wie sich nun diese Vielheit von Göttern, diese römischen, griechischen, syrischen, ägyptischen Göttergestalten zu einander, zu der Welt, zur Menschenseele und ihrem Bedürfnisse verhielten. Die Gebildeten suchten, indem sie die überlieferten Cerimonien gedankenlos mitmachten, einen Ersatz für den preisgegebenen Glauben in den Schriften der Philosophen. Einige vertieften sich in die Systeme der großen Geister des Alterthums, des Plato, des Aristoteles; die Mehrzahl hielt sich an die dem Geiste dieser Zeiten näher liegenden Systeme der stoischen und epikureischen Schule; und auch für die noch größere Menge der Gleichgültigen und Blasirten war durch andere Schulhäupter gesorgt, welche der eigenthümlichen Krankheit solcher Zeiten, der Blasirtheit, entgegenkommend, das Nichtwissen selbst, die Skepsis, die Verzweiflung an der Wissenschaft, philosophisch deducirten. Aber weder die selbstgenugsame Moral der Stoiker, noch die epikureische Philosophie des Lebensgenusses, noch die vornehme Verneinung aller Erkenntniß konnte der Masse des Volkes, der das Leben unter Mühsal und Entbehrung dahinging, einen Ersatz für den verlorenen naiven Glauben bieten: und auch den tieferangelegten Naturen unter den Gebildeten, welche das Bedürfniß empfanden, auf welchem alle Religion beruht — das eigene flüchtige Dasein an eine höhere und unvergängliche Ordnung der Dinge anzuknüpfen — boten diese Lehren nicht Das, was sie suchten: ein Gewisses in den wechselnden Gegensätzen des Lebens, ein Entscheidendes in dem Streite der Pflichten und Interessen, ein Ruhendes und Ewiges in dem Durcheinanderwogen der Atome.

Diesem Bedürfniß des menschlichen Herzens, unabweisbar und unvertilgbar wie es ist, kam eben die Religion dieses so verachteten Volkes auf eine wunderbare Weise entgegen. Mit allerlei fremdartigem und seltsamem Aberglauben behangen, barg diese Religion des jüdischen Volkes doch einen Kern von Wahrheit in sich, den der vom Unglauben zum Aberglauben hin und wieder irrende Gedanke weder in den Schriften griechischer Rationalisten, noch bei den chaldäischen Traumdeutern, noch in der feierlichen Geheimthuerei der ägyptischen Kulte finden konnte. Hier mit Einem Worte war, was man sonst überall vergeblich suchte — eine Religion, die nicht eine gedankenlos nachgebetete, nicht eine durch bloßes Herkommen gebotene oder von der Staatsgewalt befohlene, sondern eine wirklich geglaubte war. So geschah das Wunderbare: allenthalben, wo der Verkehr jüdische Gemeinden und jüdische Gebetshäuser schuf, schlossen sich der Gemeinde „Hinzutretende" (Proselyten) aus den Heiden an, für welche bald besondere Ordnungen nöthig wurden. Von allen Seiten richteten sich so die Blicke gläubiger Juden und „Judengenossen" nach dem einzigen Altare Jehova's auf der Erde, flossen die Tempelsteuern nach dem großen Heiligthum zu Jerusalem. In nächster Nähe folgten die Beitritte massenweise; von Damaskus sagt Josephus [4]), daß beinahe der gesammte weibliche Theil der Bevölkerung die jüdische Gottesverehrung angenommen habe; aber auch in weiter Ferne, in Italien und zu Rom selbst waren schon in den Zeiten Cäsars und Augusts viele Römer und Römerinnen, welche den Sabbath hielten, Tempelsteuer zahlten, und mit Eifer die heiligen Schriften der Juden studirten. Wie weit dieser Hang schon zu Augusts Zeiten verbreitet war, beweist nichts schlagender, als eine zufällige und sehr ungesuchte Erwähnung im ersten Buche der Satiren des Horaz. Der Dichter beschreibt mit vielem Humor, wie er von einem lästigen Sollicitanten angefallen, des Widerlich-Zudringlichen sich zu erwehren sucht. Er gewahrt einen Freund und winkt ihm zu, ihn abseits zu nehmen, um ihn von seiner Plage zu befreien. „Ein andermal," sagt dieser, „es ist hoher Sabbath heute; Du verachtest mir doch nicht etwa die Juden?" „Ich habe keine Religion," entgegnet der Dichter. „Aber ich," sagt der Freund, „ich bin kein so starker Geist; verzeih', und laß mich: ich bin Einer von den Vielen" [5]).

Indem aber der Judaismus diesen Eroberungszug begann, waren in seiner eigenen Mitte Ereignisse eingetreten, welche seinen ganzen innern Charakter zu verändern drohten in demselben Augenblicke, wo der letzte Rest seiner politischen Unabhängigkeit einem raschen Untergang entgegenging. Der Messias, von welchem die Propheten geweissagt hatten, nach welchem das Volk um so feuriger verlangte, je dunkler und trüber seine irdischen Geschicke sich gestalteten, war erschienen: das Leben und Lehren, das Leiden und Sterben Jesu mit allem Wunderbaren, das sich daran schloß, war in dieses gährende Volksleben eingetreten, als „ein Zeichen, dem widersprochen wird". Wie diese neue Lehre von den beiden herrschenden Schulen der Pharisäer und Sadducäer aufgefaßt, verkannt, verfolgt und ihr Stifter durch den altjüdischen Fanatismus mit Hilfe der römischen Staatsgewalt zu Tode gebracht wurde, dieß ist hier nicht zu erzählen; wie aber dieses aufgeregte Sektenwesen, gereizt und irre gemacht durch diese neue Erscheinung, den tragischen Fall des jüdischen Staates herausforderte, den die römischen Legionen vollenbeten, muß in einigen Zügen dargelegt werden.

Seit den Zeiten Samuels, ja seit den ersten Ursprüngen des Volkes war ein priesterliches und ein weltliches Element in diesem merkwürdigen Staate verschmolzen: Elemente, die kurze Zeit vereinigt oder versöhnt, immer wieder und immer härter auseinandertraten. Dem Drange des Volkes nach einem „König wie alle Heiden umher" hatte Samuel in alten Zeiten nachgegeben und Saul zum Könige gesalbt: aber Saul suchte das priesterliche Element zu unterdrücken und ward verworfen. David wußte sich in Eintracht mit demselben zu erhalten und regierte glücklich; jedoch unter dem zweiten seiner Nachfolger brach der Gegensatz stärker hervor, und das Reich fiel in zwei gesonderte Staaten auseinander. Den Tagen der Trennung folgten die Tage des Exils, dann die Rückkehr durch die Gunst Cyrus des Persers, die Eroberung des Landes durch Alexander den Großen und der griechische Einfluß, die Kämpfe gegen die seleucidischen Herrscher und die Wiedererringung der Selbstständigkeit unter den Helden des makkabäischen Hauses; aber mit der wiedergewonnenen Unabhängigkeit trat auch der alte Gegensatz, theoretisch und praktisch ausgebildet, von Neuem hervor.

Da waren die **Pharisäer**, die Frommen, die rechtgläubigen Männer des Gesetzes. Die Vorstellungen der geistlichen und weltlichen Herrschaft flossen ihnen in Eins zusammen, und den verheißenen Messias dachten sie sich als einen Herrscher wie David, der das alte Israel, das priesterliche Königthum, wieder aufrichten werde im Sinne des alten mosaischen Gesetzes und der peinlichen Satzungen, mit welchen sie dieses Gesetz übersponnen hatten, bis es zur schweren und unerträglichen Last wurde. Sie sahen die Anziehungskraft, welche das Judenthum auf die Heidenwelt in Nah und Fern ausübte, und sie mochten mit Freude und Stolz denken, daß nun die Zeit beginne, von der ihre Propheten geweissagt hatten, jene Zeit, „wo der Berg des Hauses Jehova's gegründet sein werde an der Spitze der Berge und erhaben über alle Höhen; wo die Völker dorthin strömen werden zum Berge Jehova's, zum Hause des Gottes Jakobs; wo Gesetz und Wort Gottes ausgehen werde von Zion, die Völker zu richten und zu belehren in weiter Ferne, und wo dann von jenem Berge aus ein Reich des Friedens beginnen werde, in welchem die Völker den Krieg verlernen, ihre Schwerdter zu Pflugschaaren, ihre Spieße zu Sensen umschmieden und friedlich nebeneinander wohnen werden, ein Jeder unter seinem Feigenbaum und seinem Weinstock" [6]).

Diese überschwenglichen Hoffnungen bedurften alle der Stützen und Reizmittel, welche ein eifriger Glaube schaffen kann, und mit Vorliebe und der neuen Richtung des Volkes entgegenkommend bildete diese Partei die transcendentalen Momente des jüdischen Glaubens aus, mit welchen man seit den Tagen des Exils sich für die ungestillte Sehnsucht der Gegenwart zu trösten und zu entschädigen gewöhnt hatte: die Lehre von der Unsterblichkeit, den Engeln und der Auferstehung. Dieß war der wichtigste dogmatische Punkt, welcher die Pharisäer von der zweiten Hauptschule oder Sekte, den **Sadducäern**, schied, die da hielten, daß weder Engel noch Auferstehung sei. Allein der Unterschied der beiden Parteien lag tiefer: ihre ganze Lebensrichtung unterschied die Partei der hellenistischen, weltlichgesinnten, kalten und vornehmen Politiker von der Partei der altjüdischen herrschsüchtigen Priester und Priesterfreunde. Das Starre und Unabänderliche des altjüdischen Gottesbegriffs erkannten jene nicht an, ihnen hing das Gute und das Böse vom freien Willen, von des Menschen Weisheit und Thorheit ab. Indem sie aber so dem griechischen Denken freien Eingang gestatteten, erkannten sie doch das alte mosaische Gesetz als unverrückbare Grundlage an, während sie dessen unbequeme Ausbeutung und Umdeutung durch die priesterliche Tradition verwarfen. Diesem weltlichnüchternen Denken mochte auch die Vorstellung entsprechen, welche sie sich von dem zu erwartenden Messias machten, wiewohl sie als Freidenker diesen Hoffnungen am fernsten standen. Wie in den Tagen Samuels hätten sie das Heil erwartet von einem König „der vor ihnen herziehe im Streite, wie alle Helden rings umher".

Der Kampf dieser beiden Parteien war lebhaft und verschlang sich mit den politischen Bestrebungen und Bedrängnissen, und so rief er naturgemäß eine dritte Partei hervor, die Essäer, welche dem wirren Treiben dieser von allen Leidenschaften durchzogenen Gesellschaft, dieses von Haß und Streit bewegten Staates sich gänzlich entzogen. In die Einöden am nordwestlichen todten Meere zogen sie sich zurück, um dort in größeren Vereinen ihr Leben zwischen Arbeit, frommem Gesang, Erbauung aus den heiligen Schriften, deren Sinn ihre überschwengliche Frömmigkeit allegorisch deutete, und der Betrachtung des Lebens Moses, den sie vor Allem ehrten, zu theilen. Alle sinnlichen Genüsse mieden sie, ihre strenge Sitte erlaubte ihnen weder Wein noch Fleisch, oder auch nur Oel, kaum die Ehe. Wer die letzte Stufe ihrer Ordnungen errungen hatte, weigerte auch den Eid; an geheimen Zeichen erkannten sich Diejenigen, welche der Genossenschaft fern in Städten und Dörfern zerstreut wohnten. Doch fuhren sie fort, an den Tempel zu steuern, und waren so wenig wie unsere Pietisten, mit denen sie viele Aehnlichkeit haben, von der Kirche, vom Ganzen der jüdischen Gemeinde losgelöst.

So, dem alten jüdischen Volksglauben am nächsten stehend, waren diese Essäer am besten vorbereitet, den wahren Messias in dem großen und wunderbaren Lehrer zu erkennen, der nach einer kurzen Wirksamkeit, von der die Umgestaltung der Welt ausgehen sollte, auf der Richtstätte zu Jerusalem den Tod eines Verbrechers erlitten hatte. Den weltlich gesinnten, vornehm kalten Sabducäern war er ein schwärmerischer Thor, der eitlen Träumereien, vergeblichen Hoffnungen zum Opfer gefallen war, wie nicht wenige Andere; den Pharisäern war Jesus, Josephs Sohn, ein gefährlicher Neuerer, der die Ausgeburt seiner sich selbst überhebenden Vernunft, eine neue Lehre, ein neues Gesetz an die Stelle ihres alten mosaischen Gesetzes aufrichten wolle. Allein die Kraft dieser neuen Lehre entfaltete sich erst recht wirksam nach dem Tode ihres Stifters, mit welchem die Pharisäer eine gefährliche Ketzerei glücklich überwunden zu haben glaubten. Plötzlich zeigte sich eine ganze Menge von Solchen, welche geglaubt und erkannt hatten, daß der gekreuzigte Rabbi Christus war, der Sohn des lebendigen Gottes: und mit wie unwiderstehlicher und übermenschlicher Kraft diese neue Lehre wirkte, davon machte die Partei, welche den Stifter derselben zu Tode gebracht hatte, in Kurzem selbst eine überwältigende Erfahrung. Unter den Verfolgern der neuen Sekte hatte sich ein pharisäisch gesinnter Jüngling aus Tarsus in Cilicien, Saulus, durch seinen Eifer bemerklich gemacht; auf einmal erfuhr man, daß eben dieser selbe Mann unter allerlei wunderbaren Umständen zu dem neuen Glauben übergetreten, daß er sein eifrigster Bekenner sei, ja daß er noch weit hinausgehe über Das, woran selbst die ersten Jünger Jesu noch festgehalten hatten: daß er für die Heiden, welche in wachsender Zahl der neuen Lehre sich zudrängten, die Beobachtung des mosaischen Gesetzes und ihr Zeichen, die Beschneidung, nicht länger für verbindlich erkläre, und daß er, weit entfernt, die Heiden zurückzuweisen, oder sie mit irgend welchem Vorbehalte aufzunehmen, sie vielmehr in ihren eigenen Gebieten aufsuche, in ihren gefeiertsten Hauptstädten, zu Ephesus, zu Philippi, zu Korinth, zu Athen, in ganz Kleinasien, selbst in Rom, mündlich oder in Briefen die neue Lehre predige, und Heiden und Juden in einem unwiderstehlichen Sturme mit sich fortreiße.

Zu gleicher Zeit nun, wo dem alten und verknöcherten Judenthum gegenüber das Christenthum mit der siegreichen Gewalt gött-
licher Wahrheit in die Schranken trat, wurde auch der Zwiespalt
dieses durch alle diese religiösen Streitigkeiten in seinen tiefsten
Tiefen aufgeregten Volksgeistes mit dem römischen Weltreich ein
unversöhnlicher.

Im Jahre 64, dem muthmaßlichen Todesjahre des Apostels
Paulus, wurde Gessius Florus dem Präses von Syrien,
Cestius Gallus, als Procurator von Judäa untergeben. Der neue
Procurator erregte durch grausame und räuberische Bedrückung
bald die allgemeine Erbitterung und als kurz darauf zu Cäsarea
der Haß der hellenischen Bevölkerung gegen die jüdische von rohen
Beschimpfungen der jüdischen Synagoge zu blutigen Thätlichkeiten
übergegangen war, die Juden in Folge davon aus der Stadt ent-
wichen, und über diese Vorgänge in Jerusalem selbst die Bevölkerung unruhig wurde, da brach der Procurator selbst, dem diese
Gelegenheit im Trüben zu fischen willkommen war, mit Fußvolk
und Reiterei dorthin auf. Bei seinem entschieden bösen Willen und
der Aufregung des Volkes konnte es den Gemäßigten nicht gelin-
gen, schwere und blutige Zusammenstöße zu verhindern. Es ward
geplündert und gemordet und wieder gemordet. Florus, dem die
Gestalt der Dinge unheimlich wurde, verließ die Stadt nach einiger Zeit wieder, in welcher er auf Bitten der Gemäßigten selbst
eine Besatzung zurückließ. Einen Augenblick kehrte die ruhige
Stimmung zurück; der Präses von Syrien sandte einen seiner
Obersten, um die letzten Vorgänge in Jerusalem zu untersuchen,
und mit diesem kam König Agrippa, ein Urenkel Herodes des
Großen, um seine Landsleute zu beschwichtigen. Die Rede, die
ihn Josephus bei der Volksversammlung auf dem Tempelberge
halten läßt, ist voll von den Schrecken der römischen Macht und
spiegelt die Gesinnungen der Gemäßigten wieder: „Alle Welt", sagt
er, „empfängt jetzt ihre Befehle von Italien, ganze Länder, deren
Gebiet das der Juden um das Drei- und Vierfache übersteigt,
deren Bevölkerung größer und streitbarer ist als die Eurige, die
Briten auf ihrer fernen meerumflossenen Insel, die Thraker in

ihren kalten Bergen werden von einigen Cohorten im Zaume gehal-
ten; die ganze Hellenenwelt, welche Xerxes mit seinen unzählbaren
Schaaren nicht unterjochen konnte, beugt sich vor den 6 Stäben
der Römer; die 7 Millionen des benachbarten Aegyptens gehorchen
zwei römischen Legionen: und wenn wir jetzt es versuchen, das
Joch der Dienstbarkeit, die wir schon von unsern Vätern ererbt
haben, abzuschütteln, so schleudern wir nur selbst wie Wahnsinnige
den Feuerbrand in unsere Häuser und vernichten selbst das Erb-
gut unserer Väter, unsere heiligen Gesetze. Denn auch die Gottheit ist auf der Seite unserer Gegner, welche nimmermehr ohne
Gott ein so gewaltiges Reich hätten aufrichten können [7])."

Aber die hochgehende Fluth der Empörung verschlang diese
Warnungsworte wie alle folgenden. Eine empörerische Rotte über-
rumpelte die Festung Masaba im Südwesten des todten Meeres
und hieb die dort liegende römische Besatzung nieder. Die Kunde
davon rief auch zu Jerusalem blutige Kämpfe zwischen den Radi-
kalen und den Gemäßigten hervor, bei denen die römischen Soldaten
in dem Castell Antonia niedergehauen wurden; bei einem zweiten
Ausbruch fiel auch der Rest der römischen Besatzung in den drei
Thürmen, in welche sie sich geflüchtet hatte, einer Capitulation zum
Trotze, der Volkswuth zum Opfer. Zu gleicher Zeit richteten die
Griechen zu Cäsarea ein großes Blutbad unter den in die Stadt
zurückgekehrten Juden an, und ein blutiger Krieg verwüstete die
Dörfer und Städte in der Runde, deren Straßen voll unbestatte-
ter Leichname lagen. Aehnliches geschah zu Askalon, zu Ptolemais,
und auch im ägyptischen Alexandria erhob sich die griechische Bevölkerung mit Wuth gegen die Juden, die in ihrem Quartier zu
Hunderten getödtet wurden. Man sieht daraus die gegenseitige Erbitterung der Raçen und die fanatisch gesteigerte herausfordernde
Haltung der Juden. Nun erst erhob sich der Präses von Syrien
mit stärkeren Truppenkräften gegen Jerusalem, den Heerd aller
dieser gewaltsamen Regungen: aber stutzig gemacht durch die hef-
tigen Ausfälle der Empörer, verfolgte er seine Vortheile nicht, und
während die Eiferer in der Stadt schon von ihm den entscheiden-
den Angriff erwarteten, gab er den Befehl zum Rückzuge. Die

Juden, kühn gemacht, verfolgten ihn; indem er aus dem Gebiete des rasenden Volkskrieges zu entkommen eilte, ward ihm sein Rückzug zur Flucht und unter Siegesgesängen und mit reicher Beute beladen kehrten die siegreichen „Zeloten" nach Jerusalem zurück. Es war sichtbar: die Hand des Herrn der Heerschaaren war mit ihnen; der Aufstand ergriff das ganze Land, und in tumultuarischen Volksversammlungen im Tempelvorhofe organisirte man den Krieg und wählte die Feldherren. Noch hatten die Gemäßigten das Steuer nicht völlig aus den Händen verloren. Einer aus ihrer Mitte, Josephus, wurde mit der Vertheidigung Galiläa's, der wichtigen Vorlandschaft von Judäa gegen den Norden, betraut.

Die Dinge hatten nun eine so ernste Gestalt angenommen, daß der regierende Kaiser Nero den Oberbefehl über das syrische Heer einem erprobten Kriegsmanne, dem Titus Flavius Vespasianus übertrug. Zu Antiochia übernahm dieser das Heer, von allen Seiten her sammelten sich die Hilfskontingente der benachbarten Barbaren; vom Süden her auf der großen Küstenstraße führte ihm sein Sohn Titus Verstärkungen zu und mit 60,000 Mann schickte er sich an, die erste Position der Juden, das streitbare und fruchtbare Galiläa, zu überwältigen. Aber er sollte es erfahren, daß ihn hier ein Feind erwarte, wie er ihn weder in Britannien, noch an der germanischen Gränze gefunden hatte. Die Städte Jotapata, Joppe, Tiberias, Tarichea, Gamala, zuletzt noch Gischala, wo Einer der Zelotenpartei, Johannes Levis Sohn, dem gemäßigten Josephus zum Trotz befehligte, ermüdeten durch mehr oder weniger hartnäckigen Widerstand die römische Tapferkeit. Es schien keinen Eindruck auf sie zu machen, wenn ihre Mauern unter den furchtbaren Stößen der römischen Widder erdröhnten, wenn die lange Reihe der römischen Maschinen mit ihren todtbringenden Wurfgeschossen ihren regellosen Schaaren gegenüber auffuhr; die Schrecken eines römischen Sturmangriffs — das Geschmetter der Hörner, der allgemeine Schlachtruf, der Hagel der Pila, die Wolken der Pfeile und der allerwärts gefürchtete Schwertangriff — sie schienen hier ihren Zauber verloren zu haben vor dem mächtigeren Banne des Fanatismus, durch den dieses Volk gegen irdische

Waffen gefeit war. Jeder Schritt mußte mit schweren Kämpfen erobert werden; die schönen Ufer des See's von Genezareth und seine Gewässer füllten sich mit Blut und Leichen: aber während die Römer so um den Besitz von Galiläa rangen, war die Hauptstadt des Judenthums selbst der Schauplatz noch entsetzlicherer Kämpfe.

Die Gemäßigten und Besitzenden sahen das Verderblich=Verkehrte dieses Kampfes gegen die Herren der Welt ein, der mit ihren Heiligthümern auch sie selbst und ihr Vermögen verschlingen mußte: aber schon waren sie nicht mehr in ihren Entschlüssen frei; eine furchtbare Ochlokratie, von rücksichtslosen Führern geleitet, war ihnen über den Kopf gewachsen. Von allen Seiten verstärkten sich diese durch allerlei Raubgesindel; die Flüchtlinge aus Galiläa, unter ihnen jener Johannes von Giskhala an der Spitze einer bewaffneten Schaar, strömten ihnen zu und ihnen galt bald jeder Gemäßigte für einen Verräther, jeder Besitzende für einen Gemäßigten. Bei Tage und bei Nacht fielen ihrem Wahne Opfer, und als die Bürger unter dem Hohenpriester Ananos Miene machten, sich ihrem Wüthen entgegenzuwerfen, besetzten sie den Tempel und wählten einen Gegenpriester. Ananos rief die Bürgerschaft zum Kampfe gegen die Bluthunde und Heiligthumsschänder, aber zu seinem eigenen Verderben. Während er zauberte, um den Tempel selbst zu kämpfen, riefen die Zeloten auf den Rath ihres geheimen Freundes, des Johannes, das Nachbarvolk der Idumäer zu Hilfe. Seit 200 Jahren bekannte sich dieser halbjüdische Stamm, der die Berge am Südende des todten Meeres bewohnte, zum Jehovaglauben; den Agenten der Zeloten gelang es, sie zu überzeugen, daß die Partei des Ananos mit Vespasian in Unterhandlung stehe. In einem Gewalthaufen von 20,000 Mann unter 4 Führern brachen sie nach Jerusalem auf. Nicht lange konnten die Gemäßigten gegen den gedoppelten Feind Stand halten. Die Idumäer drangen ein: während eines furchtbaren Orkans hatten ihnen die Zeloten ein Thor geöffnet und vertilgten dann schonungslos mit ihrer Hilfe die Gemäßigten; unbestattet lagen die Leichen der Priester Ananos und Jesu und ihrer Anhänger auf den Straßen. Damit nicht begnügt, drangen sie in die Gefängnisse ein und morbeten dort, und dieses Schreckensregiment dauerte fort, auch als die Idumäer, denen das Treiben in der Stadt Abscheu einflößte, wieder abgezogen waren.

Unterdessen war in Galiläa jeder Widerstand erloschen. Josephus selbst befand sich als Gefangener und Begnadigter in römischen Händen. Man hatte Vespasian den Rath gegeben, sich die Uneinigkeit der Juden zu einem sofortigen Angriff auf Jerusalem zu Nutzen zu machen: er aber berechnete, daß es vortheilhafter sei, die Gegner noch eine Zeit lang sich selbst zerfleischen zu lassen. Er ließ ihnen dazu das ganze Jahr 68 und einen Theil des folgenden Zeit; denn im Westen des Reiches gingen eben Dinge vor, die seine Aufmerksamkeit nicht minder in Anspruch nahmen, als der ihm aufgetragene judäische Krieg. Der Letzte des cäsarischen Hauses, Nero, dessen muthwillige Thrannei die Welt seit 14 Jahren erdulbete, war vom Throne gestürzt; gegen den neuen Imperator Sulpicius Galba, der zuvor Statthalter im diesseitigen Spanien gewesen, hatten die Legionen am Rhein einen andern, A. Vitellius, aufgestellt; in einem Aufstand zu Rom war zwar Galba getödtet, zugleich aber von den Prätorianern an seiner Stelle ein neuer Kaiser, Salvins Otho, gewählt worden. Zwischen diesen Beiden, Vitellius und Otho, mußten die Waffen entscheiden. Vespasian sah sich durch den gewaltigen Haber um die Herrschaft der Welt, in den er bald selbst verwickelt werden sollte, gelähmt, und ließ so dem Volke in Jerusalem volle Zeit, auf dem engsten Raume alle Schrecken eines großen Krieges zu entfalten.

Nach dem Siege über die Gemäßigten trat nämlich unter den Schreckensmännern selbst eine Spaltung ein. Johannes von Ghiskala gegenüber erhob sich eine volksthümlichere Partei von Eiferern, welche sein herrisches Auftreten, „das Königthum des Galiläers" nicht dulden wollten. Sie riefen gegen ihn einen andern Räuberführer, Simon, Gioras Sohn, der seither in Idumäa den heiligen Krieg mit Mord und Plünderung geführt hatte, in die Stadt. Mit einem Haufen von 20,000 Mann zog er ein; die Dinge in Jerusalem gestalteten sich zu einem wirren und seltsamen Knäuel: nachdem ein Angriff Simons auf den Tempel, den Johannes besetzt hielt, mißlungen war, trieb der gährende Vulkan noch eine dritte Partei auf die Oberfläche. Es waren die Priester, welche unter Eleazar gegen den weltlicher gesinnten Johannes sich erhoben und den inneren Tempelraum besetzten, damit dem heiligen Rechte gemäß der innere Tempel nur von Priesterhand gehütet werde; denn das Opferwesen ging, einem stillschweigenden Einverständniß der Parteien gemäß, wie im tiefen Frieden seinen Gang weiter. Es war jetzt die Stadt in 3 Lager getheilt: Eleazar in dem inneren und oberen Tempelraume, Johannes auf dem übrigen Tempelberge und in der Feste Antonia, Simon im Besitz des Zionsberges und der angränzenden Theile der Unterstadt. Die Bürgerschaft war das Opfer ihrer rachsüchtigen Fehden, in welchen einige Theile der Stadt eingeäschert wurden, um Raum für diese Kämpfe zu gewinnen.

Auf eine kurze Zeit führte die näher rückende Gefahr eine Versöhnung oder Verständigung unter diesen Parteien herbei. Im Juni des Jahres 69 setzte sich Vespasian gegen die Stadt in Bewegung. Er unterwarf die Landschaft rings um Jerusalem her, schlug sein Lager zu Jericho auf, von wo er leicht zur Berennung Jerusalems vorschreiten konnte. Unterdessen aber hatten die Dinge im Westen eine Gestalt gewonnen, die es nicht länger zuließen, daß er selbst ein müßiger und neutraler Zuschauer bleibe. Der Bürgerkrieg zwischen Vitellius und Otho war ausgebrochen, aber der Eine wie der Andere hatte auf den Imperatorentitel kein anderes Recht als das des Schwertes, und mit eifersüchtigem Unwillen hörten die unter den Helmen ergrauten Krieger Vespasians, daß die Garden in Rom, die im Wohlleben erstickten, aus eigenem Recht einen Kaiser erwählt hätten. Vitellius allerdings war von den kriegsgewohnten Legionen Germaniens ausgerufen; aber wenn einmal die Legionen wählten, waren dann sie nicht so gut als die germanischen, und waren nicht unter ihnen Männer, würdig das Scepter zu führen, wenn irgend Einer? Der Mann an ihrer Spitze war ein erprobter Feldherr, ein strenger, redlicher, rechtlicher Mann, dessen erfahrenem Alter jugendkräftige Söhne zur Seite standen: erwiesen sie nicht dem Reiche selbst die größte Wohlthat, wenn sie diesen ihm zum Herrscher gaben? Diese Stimmung der Soldaten wurde von den Unterfeldherren getheilt, und nachdem inzwischen Otho vom Schauplatze verschwunden war, fügte sich Vespasian ihrem allgemein und stürmisch ausgesprochenen Wunsche. Er ward zum Imperator ausgerufen, übernahm die große Pflicht, und indem er sich zunächst nach Aegypten und von da weiter nach Italien begab, überließ er seinem Sohne Titus die schwere Aufgabe, die neue Dynastie durch die Vollendung des Sieges über die Judäer zu legitimiren.

Die kriegerischen Bewegungen waren, wie natürlich, unter diesen Verhältnissen ins Stocken gerathen; die Position von Jericho war nicht behauptet worden. Titus führte die ägyptischen Legionen von Alexandrien aus durch die Wüste, dann an der Seeküste hin über Gaza, Joppe nach dem römischen Hauptquartier in diesem Kriege, nach Cäsarea, wo er auch die übrigen Streitkräfte an sich zog, und zum dritten Male setzten sich die römischen Colonnen nach dem Süden in Marsch, wo sie ein Kampf erwartete, mit dem verglichen selbst die furchtbarsten Belagerungen ihrer Kriegsgeschichte, die von Karthago z. B. und die von Numantia leicht erschienen.

Ohne Widerstand rückte er im Frühling 70 bis Gabbath Saul, einem Dorfe, 1 1/4 Stunden von Jerusalem entfernt, vor. Dort angelangt, nahm er mit 600 Reitern eine Recognoscirung gegen die Stadt vor. Allein angekommen an dem Thurme Psephinos im Westen der Neustadt, sah er sich plötzlich von einer wüthend aus ihren Thoren stürmenden feindlichen Menge angegriffen. Die Linie seiner Reiter ward gesprengt, ihn selbst trug sein rasches Pferd durch die Wolken der feindlichen Pfeile ins Lager zurück; was er zu erwarten habe, konnte er nun erkennen. Am folgenden Tage rückte er mit dem ganzen Heere bis auf das nördlich von der Stadt gelegene Plateau, den Skopos oder die Warte, vor, von wo aus er die große Stadt übersehen konnte.

Ueber die von Herodes Agrippa I. gebaute Mauer, welche von einer Menge von Thürmen überragt war, hinweg sah er die weitläufig gebaute Neustadt sich dehnen; hinter derselben, durch ein kleines Thal getrennt, seinem Blicke zur Rechten, erhob sich auf dem Zionsberge die obere oder Davidsstadt, auch sie von einer zweiten Mauer geschützt und von mächtigen Thürmen über ragt, deren man 60 zählen konnte; und hinter derselben auf der Höhe des Berges zeigte sich zwischen den umgebenden Parkanlagen, von einer 30 Ellen hohen Ringmauer geschirmt, ein Wunderwerk an Pracht und Festigkeit, der Palast des Königs Herodes. Aber links von seinem hohen Standpunkt bot sich den Augen noch ein prachtvolleres Schauspiel. Ueber den Hügel Akra hinweg, der sonst dem von Norden Kommenden den Anblick verdeckte, erblickte er den Riesenbau des berühmten Jehova-Tempels. Auf allen Seiten mit goldenen Platten bekleidet, schimmerte er in der Morgensonne im hellsten Feuerglanze; wo er nicht vergoldet war, ließ ihn der blen= dende Marmor wie einen mit Schnee bedeckten Hügel erscheinen. Zu seiner Seite, östlich an die Tempelhallen stoßend, stand die Feste Antonia, traurigen Andenkens für die Römer; dort waren ihre Waffengefährten von dem rasenden Volke da drinnen getödtet wor= ben. Um den dem Tempel und der Antonia vorliegenden Hügel, die Akra her, war eine dritte, die mittlere Mauer gezogen: drei Ringmauern also mit mehr als anderthalbhundert Thürmen waren zu durchbrechen, ehe man hoffen konnte, an das letzte Bollwerk der hartnäckigen Judenstadt, deren zweistündiger Umfang eine wüthend entschlossene und immer noch viele Hunderttausende zählende Be= völkerung einschloß, auch nur heranzukommen.

Denn von einer Uebergabe war bei den die Stadt beherr= schenden Fanatikern nicht die Rede. Zwei Mal war die Gefahr der heiligen Stätte nahe gewesen, und war wieder verschwunden wie ein Rauch: Cestius war abgezogen, nachdem er eben gesiegt hatte, Vespasianus war bis auf einige Stunden herangekommen, als ihn eine wunderbare Schickung abrief, — Bürgschaft genug, daß auch Titus nicht weiter kommen werde. Die natürliche Verkettung der Dinge wurde dem aufgeregten Volksgeiste, dessen Täuschung

falsche Prophezeiungen vollendeten, zum Wunder: es schien unmög=
lich, daß der Tempel falle; aber war es nicht sehr möglich, daß
eben in dieser Zeit, wo die Gewaltigen der Erde in blutigem Haber
gegeneinanderrangen, das angenehme Jahr des Herrn erschien, wo
das neue Reich Gottes von Zion ausgehen, und — wie ein weit=
verbreitetes Orakel sagte — „aus Judäa Entsprossene der Dinge
sich bemächtigen werden" 8)?  Genug, angesichts der Gefahr ver=
ständigten sich die drei Rotten in der Stadt und machten einen
wüthenden Angriff auf die zehnte Legion, welche östlich von der
Stadt auf dem Oelberge ihr Lager schlagen wollte.  Den gan=
zen Tag wurde gekämpft, der Cäsar selbst mußte der bedrängten
Legion Hilfe bringen, und die Thalschluchten des Kidronbaches
füllten sich mit Leichen.  Nach einem glücklichen Ausfalle der Prie=
stereiferer, den Johannes vollführte, waren die drei Parteien auf
zwei herabgebracht, und gegen die Römer vereint beantwortete
Johannes und Simon die Vermittlungsversuche des Josephus durch
neue Ueberfälle.  Geräume Zeit stießen sich die Sturmwidder an
den Quadern der ersten Mauer müde und die centnerschweren
Steine, welche die römischen Skorpione und Balisten schleuderten,
richteten, schon von weitem erblickt und gemieden, wenig Schaden
an.  Nichts aber übertraf die Tollkühnheit, mit der die Juden,
wo irgend die Gelegenheit sich bot, sich auf die feindlichen Maschi=
nen warfen, um sie zu verbrennen.  Endlich hatte der größte der
römischen Mauerbrecher — sie nannten ihn den Sieger (Nikon) —
eine Lücke gerissen, und am 15. Tage der Belagerung, im Mai,
waren die Römer Herren der ersten Mauer.  Mit steigender Hef=
tigkeit vertheidigten die Juden die zweite, welche sich vor der Afra
erhob, und wieder begann die ungezählte Menge der Angriffe, der
Mauergefechte, der Ausfälle; allmälig verstanden sich die Juden
auch darauf, das früher den Juden abgenommene Geschütz zu be=
bienen; dennoch gewann Titus auch die zweite Mauer fünf Tage
nach der ersten.  Er rückte vor mit dem Befehle, die Stadt zu
schonen, die er schon zu haben glaubte: aber die Feinde, der engen
Gassen kundig, mit Rachegeschrei heranbringend, nöthigten ihn zum
Rückzug und drei weitere Tage mußte noch gekämpft werden, ehe
Titus sich wirklich als Herrn der zweiten Mauer betrachten konnte.

Titus, dessen Herz fast zu weich war für diesen furchtbaren Krieg, konnte sich noch immer nicht an den Gedanken gewöhnen, daß er diese Stadt nicht lebend in seine Gewalt bekommen werde, daß er sie zerstören müsse, um sie zu besitzen. Er benutzte den nächsten Termin der Soldauszahlung dazu, den Belagerten seine ganze gewaltige Waffenmacht in ihrer vollen Stärke entfaltet zu zeigen. Die ganze alte Mauer und die Nordseite des Tempels war mit Zuschauern gefüllt; aber weder dieses imposante Schauspiel noch erneuerte Vorstellungen des Josephus hatten die gehoffte Wirkung. Es entstand allerdings bei der Menge eine Bewegung zu Gunsten der Unterwerfung; aber dieß hatte nur eine Verschärfung des Terrorismus zur Folge, dessen Schrecken der Hunger und all sein Gefolge zu mehren begann. Was die Ueberläufer erzählten, war schrecklich: die Mütter rissen ihren weinenden Kindern den Bissen vom Munde; Habe und Leben der Unbewaffneten war den Schreckensmännern Preis gegeben; die Armen, welche mit Gefahr ihres Lebens an den Abhängen und in den Thälern einige wilde Kräuter gesammelt hatten, sahen sich alsbald dieses Schatzes durch eine Rotte Zeloten beraubt. Um durch eine grausame Demonstration zu wirken, ließ Titus eine Anzahl Gefangener im Angesichte der Stadt ans Kreuz schlagen; vergebens: die Eiferer benutzten dieß nur zur Aufstachelung der Wuth, und als er an Simon und Johannes sandte, gaben sie eine Antwort, welche den unheilbaren Fanatismus bezeugte, von dem sie erfüllt waren. Der Ausgang steht bei Gott, sagten sie, am Untergange der Stadt liege ihnen Nichts und auch der Tempel sei nicht Alles, denn Gott habe noch einen bessern Tempel als diesen: die Welt; das unerträglichste von Allem aber sei die Knechtschaft der Römer [9]). Vier große Angriffsdämme hatten die Römer aufgeworfen, einen Theil derselben mußten die Juden durch einen Minengang zum Einsturz zu bringen; zwei Tage darauf zündete Simon in einem neuen furchtbaren Sturme die Maschinen an, und während das Feuer mit rasender Schnelligkeit um sich griff, drangen seine Zeloten in wüthendem Vorwärtsstürmen bis an das römische Lager heran.

Titus verzweifelte daran, die Stadt mit den gewöhnlichen Maschinen zu erobern, da man die Arbeit einiger Wochen in einer

Stunde vernichtet sah: es blieb noch die Einschließung und der Hunger. Titus ließ eine große Ringmauer aufführen und die zunehmende Zahl verzweifelter Ueberläufer zeigte bald, daß er dießmal das rechte Mittel gewählt hatte. Die in der Stadt aufgehäuften Schätze waren jetzt, wo das Maaß Weizen ein Talent kostete, wie ein Hohn; auch das heilige Oel und der Wein, den man über die Brandopfer zu gießen pflegte, wurden nicht mehr geschont; schon hemmte die Zahl der unbegrabenen Leichname die Kämpfenden bei ihren Ausfällen. Die Noth stieg mit jedem Tage, aber selbst dieß steigerte nur den fanatischen Wahn: Alles dieß mußte geschehen, damit eben im Augenblicke der äußersten Noth die Hilfe Jehova's, die siegreiche Erscheinung seines Gesalbten um so herrlicher sich offenbare.

Der Angriff der Römer richtete sich jetzt auf die Burg Antonia, welche dem Tempel zur Seite stand. Ein Wagestück, in tiefer Nacht von einigen römischen Soldaten ausgeführt, gelang: unter Titus eigener Führung drang die Masse des Heeres nach und man hoffte, in Einem Angriff von dem Castell aus auch vollends des Tempels sich zu bemächtigen. Aber dort an den Thoren, die in den Tempel der Heiden führten, kam es zu einem Gemetzel, wie es in der Geschichte nicht wieder erhört ist: von Morgens 3 Uhr bis zum Nachmittag wurde hier zehn lange Stunden ohne Flucht und Rückzug gekämpft und endlich mußten die Römer ablassen und sich mit der Antonia begnügen. Noch einmal redete Josephus zu Johannes. „Die Stadt ist Gottes," antwortete der Fanatiker, „ich fürchte keine Eroberung." Eine auserlesene römische Mannschaft unter Cerealis versuchte einen Ueberfall: er führte zu einem neuen schrecklichen Kampfe, aber zu keiner Entscheidung. Ebenso vergeblich war ein Ausfall der Juden nach dem Oelberge hin. Die nordwestliche Tempelhalle zündeten sie nun selber an, damit sie nicht vom Feinde genommen werde; täglich, stündlich, um jeden Stein ward jetzt gefochten, das Schwert und das Feuer, die Pest und der Hunger tödteten um die Wette; in diesem Stadium des Kampfes ist das Entsetzliche geschehen, daß eine Mutter ihr eigenes Kind schlachtete und verzehrte, und Titus schwur, daß die Sonne nicht mehr aufgehen solle über einer Stadt, in der Solches geschehen sei. Neue römische Werke hatten sich mittlerweile erhoben, die Sturmwidder arbeiteten aufs Neue, dann wurden die Leitern angelegt: man kam nicht zum Ziele. Da riß endlich dem Titus die Geduld: er befahl Feuer an die Thore zu legen. Die silbernen und goldenen Platten begannen zu schmelzen: das Feuer griff um sich, und bald standen die übrigen Theile der Hallen in Flammen. Um dem Kaiserreich eine so unvergleichliche Zierde, wie dieser Tempel war, zu erhalten, gab Titus am folgenden Tage den Befehl, zu löschen. Aber Titus war seiner Soldaten selbst nicht mehr Herr, welche die Habgier und die Wuth der Rache unaufhaltsam vorwärts trieb. Bei einem neuen Angriff drangen die Römer bis zum eigentlichen Tempelgebäude vor, während schon ein Theil der Gebäude des äußeren Vorhofs brannte. Es war kein Halt mehr: einer der Soldaten warf einen Feuerbrand durch das goldvergitterte Fenster, welches von der Nordseite her in die das Heilige und das Allerheiligste umgebenden Gemächer führte. Das Feuer zündete, die Flamme schlug empor und mit ihr der durchdringende Verzweiflungsruf der Belagerten: das Ende war gekommen und kein Menschenwort that dem Verderben länger Einhalt. Vergeblich eilte Titus herbei: die ungestüme Wuth der Legionen hielten nicht gute Worte noch Drohungen auf: ohne zu hören, riefen die Nachdrängenden nach mehr Feuer, und eine Scene begann, vor deren Schrecken jede Schilderung erlahmt. Der Jubelruf der Sieger und das Geschrei der Empörer, die Schwert und Feuer umringte, verschwamm zu einem grauenvollen Getöse; über die Stufen des Altars, den eine gläubige Schaar im Vertrauen auf die Unzerstörbarkeit des Heiligthums umdrängte, flossen die Blutströme; im Heiligthum und im Allerheiligsten tobte der Mord, ehe die Flamme, mit der die Soldaten ihren Raub zu theilen eilten, sein Werk vervollständigen konnte. Bald war der ganze Berg wie Eine große Feuermasse, und ein durchbringendes Jammergeschrei erhob sich vom Thale und den gegenüberliegenden Höhen aus dem Munde Derer, welche lange genug gelebt hatten, dieses Entsetzliche zu schauen. Die Lügenpropheten waren zu Schanden geworden und jene schrecklichen Zeiten waren gekommen,

von denen der vom Volke verworfene wahre Messias ein Men=
schenalter zuvor geweissagt hatte, daß sie alsdann zu diesen Bergen
sprechen sollten: „Fallet über uns" und zu diesen Hügeln: „Decket
uns".

Der Tempel war zerstört, das gehoffte Wunder der Allmacht
Jehova's war nicht erfolgt, aber selbst diese Enttäuschung überlebte
der hartnäckige Fanatismus. Noch hielten die Empörer die obere
Stadt: und Titus, auch jetzt noch nicht müde, Gnade anzubieten,
sah sich in die Nothwendigkeit versetzt, Brand und Plünderung ihren
Gang gehen zu lassen. Aber die Wuth der Vertheidigung er=
lahmte allmälig: sie hatte ihre Kraft erschöpft. Als ein Stück der
dritten Mauer eingestürzt war, und einige der festen Thürme wank=
ten, stoben die Vertheidiger auseinander. Rasch wurden die
Mauern der Davidsstadt erstürmt, die Feldzeichen aufgepflanzt,
die Soldaten stimmten unter Händeklatschen den Siegesgesang an:
es hatte jeder Kampf ein Ende, und am 2. September des Jahres
70 n. Chr. ging die Sonne über den rauchenden Trümmern der
Stadt Jerusalem auf.

Die beiden Führer Simon und Johannes überlebten den
Fall der Stadt und fielen in römische Hände; eine Anzahl der
Gefangenen, deren Menge selbst nach den Hunderttausenden, welche
der Krieg verschlungen hatte, noch ungeheuer war, wurde für den
Triumph aufbewahrt. Die unter 17 Jahren wurden als Sclaven
verkauft; die über 17 Jahren zum größten Theile an die Provin=
zen verschenkt, denen es nun längere Zeit an Opfern für die Gla=
diatorenspiele und Thierkämpfe nicht fehlte. In den drei noch er=
haltenen Castellen ließ Titus die zehnte Legion als Besatzung zurück,
er selbst zog nach einem feierlichen Siegesopfer nach Cäsarea ab,
wohin auch die Gefangenen und die noch immer unermeßliche
Kriegsbeute geschafft wurden. Dort ward auch Simon Gioras
Sohn vor ihn gebracht; er sollte zu Rom den Triumphzug des
kaiserlichen Prinzen verherrlichen.

Josephus, der begnadigte Feldherr des jüdischen Volkes, hat
es vermocht, diesen Triumphzug seines kaiserlichen Gönners mit

allen seinen Herrlichkeiten zu schildern: die Pracht der babylonischen Teppiche, das Elfenbein, das Silber, das Gold, dessen Masse „wie ein Strom daherfloß", die Gemälde, in denen jedes Stadium des furchtbaren Krieges veranschaulicht war, jenen dem ächten nachgebildeten siebenarmigen goldenen Leuchter und den goldenen Schaubrodtisch, den man den Flammen entrissen hatte, und andere Heiligthümer, welche noch heute an dem Triumphbogen des Titus, der dieser Tage Gedächtniß verewigt, zu sehen sind. Das letzte Beutestück, das einhergetragen ward, war „das Gesetz der Juden", die goldene Tafel mit den zehn Geboten, welche einst dem Volke unter Donner und Blitz verkündigt, jetzt als ein werthloses Beutestück einhergetragen wurden, dessen geheimnißvoll heilige Schriftzüge dem siegreichen Volke unverständlich waren. Hinter ihm folgten Bildsäulen der römischen Victoria, und das Ziel des Triumphzuges war der Tempel des Gottes, in welchem das römische Volk seine eigene Macht und Hoheit verkörpert sah, — des Jupiter auf dem Capitol.

Ein trauriges Bild ohne Zweifel, von dem man gerne den Blick wendet. Aber blickt man von dieser letzten Scene eines großen Trauerspiels in die Zukunft, so tritt uns ein Bild entgegen, vor dem selbst diese Scene, ergreifend wie sie ist, verschwindet, — ein Bild, dessen tiefsinnige Poesie die Sage in der Gestalt des ewigen Juden verkörpert hat. Er hat den Messias auf dessen letztem Gange von seiner Schwelle fortgestoßen, und dafür ist ihm der allgemeine Trost des menschlichen Geschlechts, die Wohlthat des Sterbens, versagt. Ruhelos wandert er so durch Raum und Zeit: die Jahrhunderte fliehen an ihm vorüber: die Geschlechter der Menschen blühen und welken in ewigem Wechsel: aber er bleibt immer derselbe. Er sieht den Tempel seines Volkes stürzen und die Bilder der siegreichen Heidengötter an seiner Stelle aufgerichtet; er sieht diese Götterbilder erbleichen und verschwinden, und ihre Tempel verfallen und an ihrer Stelle andere sich erheben, die ein ihm wohlbekanntes feindliches Zeichen tragen; er sieht das Bild des Gekreuzigten in allen Häusern, allen Märkten, allen Straßen, und von den siegreichen Bekennern des von ihm Verstoßenen sieht er sein eigenes Volk verhöhnt, beraubt, gequält: aber geduldig, wie sein Volk, verstummt er vor seinem Dränger, leidet und lebt sein durch einen furchtbaren Fluch gefeites Leben weiter. Endlich ziehen mildere Jahrhunderte herauf, welche auch seinen Volksgenossen die lange vorenthaltenen Menschenrechte gönnen: aber weder Gewalt, noch Milde vermögen die Züge, die Sitten, den Glauben dieses Volkes und seines gespenstischen Vertreters zu ändern. Hart und steinern geworden in der langen Zeit sind sie noch, was sie vor zwei Jahrtausenden gewesen. Der Sterbende, der damals an seiner Schwelle zusammenbrach, ist zum Allgewaltigen und Allbelebenden geworden und schreitet von Sieg zu Sieg: die Menschen nennen ihn ihren Erlöser: aber Ahasveros wartet noch immer eines Andern, der ihm die Ruhe gebe, die er nicht finden kann.